VENTE LE VENDREDI 20 JANVIER

OBJETS D'ART

ET DE CURIOSITÉ

BEAUX ÉMAUX DE LIMOGES

PROVENANT DE LA

Collection de feu M. MALFAIT, de Lille.

Mᵉ Charles PILLET, Commissaire-Priseur.

M. FEBVRE, Expert.

EXEMPLAIRE DE H STETTINER

annoté par Wetterhan

Renou et Maulde, Imprimeurs de la Compagnie des Commissaires-Priseurs,
rue de Rivoli, 144.   37265

CATALOGUE

D'OBJETS D'ART

ET DE CURIOSITÉ

**Meubles anciens, Porcelaines de Sèvres, de Saxe,
de Chine et du Japon, Cristaux de roche, Ivoires sculptés,
Pendules anciennes en bronze & en marqueterie,
Candélabres de Boule, Faïences anciennes, etc., etc.;**

BEAUX ÉMAUX DE LIMOGES

COUPE, AIGUIÈRE ET PLAT

PROVENANT DE LA COLLECTION

DE FEU M. MALFAIT DE LILLE

dont la vente aux enchères publiques aura lieu

HOTEL DES VENTES MOBILIÈRES

RUE DROUOT, 5

SALLE Nº 4

Le Vendredi 20 Janvier 1865, à deux heures précises.

Par le ministère de **Mᵉ CHARLES PILLET**, Commissaire-Priseur,
rue de Choiseul, 11,
Assisté de **M. FEBVRE**, Expert, rue Laffitte, 12,
CHEZ LESQUELS SE DISTRIBUE CE CATALOGUE.

EXPOSITION PUBLIQUE

La veille de la Vente, de une heure à cinq heures.

PARIS — 1865

CONDITIONS DE LA VENTE

Elle sera faite au comptant.

Les Acquéreurs paieront cinq pour cent en sus du prix d'adjudication.

DÉSIGNATION

DES OBJETS

Émaux de Limoges.

Jean Courteys ou **Jean Courtois**. — **Coupe** — en grisaille et chairs teintées, offrant sur le fond le sujet de Moïse frappant le rocher.

A gauche, Moïse debout touche de sa baguette m   se le roc d'où sort une eau jaillissante qui forme un ruisseau,   lui est son frère, le grand prêtre Aaron et deux lévites; sur le de........ et aussi à gauche, un homme tient une sébile qu'il remplit; plus bas, un chien boit près d'un autre homme couché à terre qui étanche sa soif; derrière ce dernier est une femme agenouillée exprimant son admiration; un enfant portant une coupe à ses lèvres, puis deux chameaux; dans le fond, on voit un groupe de soldats portant des urnes et les tentes des Hébreux; en haut, au milieu des nuages, apparaît le Père Éternel, qui étend ses bras protecteurs. Le revers est orné de mascarons et de cariatides à chairs teintées, reliés par des ornements et des banderolles en grisaille. Sur l'une d'elle est le monogramme du maître — J.-C. — Le piédouche est orné de sirènes et de sphinx. — Au-dessous est un semis d'étoiles et de fleurs de lis, or sur fond noir.

Jean Courtois, en exécutant cette belle pièce, s'est inspiré du style sévère et du dessin vigoureux de Michel-Ange Buonarotti.

Diamètre, 24 c. Hauteur, 12 c.

2 — Par Pierre Raymond. — Aiguière. — Sujets en grisaille sur fond noir.

Le haut de la panse représente le Parnasse : Apollon joue de la lyre, autour de lui sont les Muses ; à droite et à gauche, quatre personnages, hommes et femmes ; le bas offre un combat entre des Gaulois et des Romains : dix-sept personnages ; l'anse, élevée en forme de crosse, est ornée de larges palmettes ; sur le piédouche sont des pendantifs et des guirlandes de fleurs. — Hauteur, 37 c.

3 Par le même. — Plat. — En grisaille, chairs teintées sur fond noir.

Le fond représente la Madeleine se séparant du monde : à demi-nue et les cheveux flottants, elle apparaît au loin ; une femme va à sa rencontre ; sur le devant, près d'un arbre sont deux autres femmes qui expriment par leurs physionomies et leurs gestes le mépris que leur inspire la pénitente ; ce sujet est entouré d'une petite frise rehaussée d'or ; le bord est orné d'une autre frise offrant des amours séparés par des rinceaux et des cornes d'abondance.

Le revers est décoré de cartouches et de mascarons. Diamètre, 24 c.

4 — Par le même. — Cinq plaques en grisaille représentant diverses scènes de la Passion. Elles portent toutes le monograme P. R.

5 — Pénicaud le IIIe (Attribué à). — Plaque coloriée sur paillons, l'Adoration des Mages. — P.

6 — Jehan de Court. — Plaque coloriée sur paillons ; sujet mythologique signé du monogramme J. D. C.

7 — Par Suzanne Court. — Plaque coloriée sur paillons, représentant la Madeleine en prière devant un Crucifix.

8 — Par le même. — Plaque — coloriée sur paillons : le Christ expirant sur la croix et les Saintes Femmes.

9 — Inconnu. — Plaque en grisaille, la Madeleine lisant.

10 — **Inconnu**. — Plaque en grisaille ; la Cène. — Signée du monogramme K. J. P.

11 — **Par Jean Courtois**. — Très-belle **Salière** en émaux de couleur sur paillons ; sur le piédouche est le sujet du Triomphe de Vénus ; au centre de la Salière est une tête de guerrier.

12 — **Pierre Raymond** (École de). — Grande ancienne **Salière** — à huit pans, le dessus, le dessous et les huit pans sont décorés de têtes d'hommes et de femmes, les unes laurées, les autres casquées.

13 — **Jean Laudin**. — **Coupe** — à piédouche, ornée en grisaille du sujet, Dieux créant la Femme ; le revers est orné de fleurs et d'oiseaux sur paillons, avec fond noir rehaussé d'or.

Porcelaines de Sèvres, de Chine et du Japon.

14 — Déjeuner en Porcelaine de Sèvres, pâte tendre : Théière, pot au lait, sucrier et quatre tasses avec leurs soucoupes. Décor dit de madame Du Barry.

15 — Charmante tasse en porcelaine de Sèvres, pâte tendre, fond blanc vanné rouge, avec médaillons de paysages, et accessoires de jardinage.

16 — Deux beurrières en porcelaine de Sèvres, pâte tendre ; décor à bouquets de fleurs sur fond blanc.

17 — Très-beau cabaret en ancienne porceleine de Saxe, composé de quarante-cinq pièces, toutes décorées, avec des sujets dans la manière de Watteau.

18 — Plusieurs figures en ancienne porcelaine de Saxe;
seront divisées.

19 — Deux très-beaux vases à couvercle, de forme octo-
gone, en ancienne porcelaine de Chine de la dynastie
des Myngs, décor dit de la famille verte; les pans sont
couverts de bouquets de fleurs, de vases, de meubles et
d'accessoires en tous variés, dominés par le vert. —
Pièces d'une parfaite conservation.

20 — Deux bouteilles en porcelaine de Chine, décor de personnages se détachant en bleu sur un fond gris. Craquelé.

21 — Deux belles potiches en porcelaine du Japon; très-
ancien décor laqué avec oiseaux et cartouches d'or sur
fond bleu. — Couvercles à chimères.

22 — Deux autres Potiches, très-belle et ancienne qualité du
Japon. Couvercles à chimères.

23 — Deux grands pots à couvercle en ancienne porcelaine
de Chine; décor émaillé en couleur offrant des chrysan-
thèmes et d'autres fleurs.

24 — Deux assiettes coquilles d'œufs en porcelaine de
Chine; décor à mandarins.

25 — Deux autres, avec personnages et animaux.

26 — Trois autres, fond bleu fouetté, ornées de cartouches.

27 — Deux petits vases ovoïde en porcelaine de Sèvres pâte
tendre; ancien décor bleu turquoise, monture en bronze
doré.

28 — Tasse en porcelaine de Sèvres, pâte tendre.

—«‹‹‹ ‹ ›››»—

Cristaux de Roche.

29 — Petit Flacon à odeur, monture or, bouton en porcelaine de Saxe.

30 — Deux petits piédestaux de forme carrée.

31 — Petit Vase avec couvercle reposant sur un socle can-
nelé, également en cristal de roche. Monture et anses en
argent.

32 — Deux burettes avec leurs couvercles ; bonnes pièces,
travail de l'époque de Louis XIV.

Ivoires sculptés.

33 — **Triptyque** gothique, travail du xvᵉ siècle. Il offre
huit bas-reliefs à niches ogivales, représentant les princi-
pales scènes de la vie de Jésus, depuis sa naissance jusqu'à
sa résurrection. — Pièce capitale.

34 — Bas-relief. — Le repos de la Sainte Famille. —
xviiᵉ siècle.

35 — Bas-relief. — Le corps inanimé du Rédempteur sur
les genoux de la Vierge. — D'après Carrache. —
xviiᵉ siècle.

36 — Statuette. — Jésus debout près d'une colonne. —
xviiᵉ siècle.

37 — Haut-relief. — Groupe de la Sainte Famille se rendant
en Egypte. — xviiᵉ siècle.

38 — Autre groupe. — Sainte apparaissant à deux personnages. — Pendant du précédent.

39 — Cippe. — Rocher entouré de branchages et d'animaux en ronde bosse. — Travail espagnol.

40 — Par Van Opstal. Statuette en ivoire : Enfant debout.
Socle en bois noir guilloché.

41 — Diptyque du xɪvᵉ siècle, avec deux bas-reliefs représentant sous des ogives les sujets de la Naissance et de la
Mort de Jésus.

Pendules, Candélabres
et Bronzes dorés.

42 — Grande et belle pendule en marqueterie de Boule,
première partie ; elle est ornée d'ornements, de cariatides
et du groupe des trois Parques : Le tout en bronze doré ;
le cadran porte le nom de l'horloger Jacques Cognet. —
Hauteur 1ᵐ10, largeur 50 c.

43 — Deux anciens Candélabres en bronze et bronze doré,
les tiges, très-finement ciselées, sont soutenues par des
femmes drapées à l'antique et debout sur des socles can-
nelés.

44 — Une grande Pendule en marqueterie de cuivre sur
écaille, très-richement décorée d'ornements, de figures
mythologiques et de mascarons en bronze doré.

45 — Beaux et anciens candélabres de Boule, en bronze
doré. — Tige à quatre lumières, pieds triangulaires, avec
Sirènes. Belles pièces.

46 — Pendule de l'époque de Louis XVI en bronze et bronze
doré; près du cadran, supporté par un fût de colonne
cannelée, est représenté l'Etude sous la figure d'une
femme lisant; près d'elle est un Coq, gardien de livres
sur lequel il est perché. — Cette pièce est avec double
socles en marbre blanc et bois noir, tous deux ornés de
pendantifs en bronze doré.

47 — Charmante petite pendule avec socle ; elle est de forme
contournée et très-richement marquetée de cuivre sur
écaille noire.

48 — Deux Feux rocailles en bronze doré; pièces anciennes
ornées de larges rinceaux et de figures pastorales.

49 — Deux autres, même genre que les précédents, mais
plus petits.

50 — Pendule dite religieuse, en bronze doré, le haut
dômé avec vase, le bas avec pieds formés par des sirènes.

Meubles Anciens de diverses
époques.

51 — Très-belle Commode de l'époque de Louis XV, en bois
de rose marqueté, elle est ornée sur toutes ses parties,
de cartouches, de chutes et de pendantifs en bronze doré
très-finement ciselé.

52 — Bureau de l'époque Louis XIII, très-richement incrusté d'ornements et de plaques en ivoire gravé; pièce
complète. Le haut a neufs tiroirs dominés par des socles,
le bas à entre-jambes à X.

53 — Meuble en bois sculpté, dit meuble Jean Goujon; il est orné de six bas-reliefs à figures mythologiques, de mascarons, d'oiseaux et de salamandres; des plaques de marbre vert de mer incrustées terminent le décor de ce charmant meuble.

54 — Meuble renaissance, en bois sculpté, il est à quatre vantaux entourés de larges moulures; l'entablement avec petits supports et cariatides.

55 — Coffre Louis XIII, en bois marqueté, orné de riches appliques en bronze doré.

56 — Ancienne crédence en bois sculpté; le bas est avec colonnes plates surmontées de chapiteaux; le haut offre de larges encadrements et des panneaux, avec le sujet de l'Annonciation.

57 — Table-guéridon; le dessus en marbre vert avec plaques incrustées d'autres marbres formant un échiquier; support en bronze doré terminé par des pieds de biche.

58 — Grand coffret à bijoux en bois incrusté d'ivoire; travail du XVIe siècle.

59 — Meuble Louis XIII en bois de noyer, richement marqueté de bois couleur; il est à deux vantaux; le bas est en bois noir à jours avec colonnes torses.

60 — Grande table ronde en bois doré, dessus en porphyre.

61 — Grand coffret en bois incrusté d'ivoire. Travail vénitien.

62 — Autre coffret vénitien, plus petit que le précédent, en bois incrusté de nacre.

63 — Table en chêne supportée par huit colonnes en bois
sculpté ; les entre-jambes sont surmontées de six autres
colonnes plus petites.

64 — Deux glaces-appliques à filets gravés sous l'étamage,
encadrements en bois doré , style rocaille ; travail
italien.

65 — Petit bureau Louis XV, en bois de rose et bois vio-
let ; en haut, tiroirs à coulisse figurant des livres.

Faïences Anciennes.

66 — Plat en faïence de Perse, bordure à triangles, fond
orné d'œillets, de tulipes et de branchages.

67 — Un autre, même genre de décor.

68 — Un autre, avec fleurs en partie dorées.

69 — Un autre, décoré de jacinthes rouges et blanches.

70 — Un autre orné de cartouches rouge-corail et vert-
émeraude.

71 — Autre grand plat, avec œillets et tulipes en émaux
rouges, verts et bleus.

72 — Un pot en même faïence, orné de larges feuilles de
tulipes rouge corail et bleu d'azur.

73 — Coupe d'accouchée et faïence de faenza, décor d'ara-
besques bleus-clairs sur fond gros-bleu.

74 — Jardinière en faïence allemande; elle est de forme lo-
bée et décorée de paysages avec chasseurs.

75 — Deux vases en faïence de Ginori; beau décor en couleur offrant des bouquets de fleurs.

Objets Divers.

76 — Diptyque en bois sculpté, travail du xvie siècle ; il offre
le portrait d'un prélat soutenu par un séraphin ; à gauche et à droite sont d'autres séraphins tenant des instru-
ments de musique. Sur le dessus sont les armes de la famille Cantarini.

77 — Statuette en marbre blanc, Vénus à la coquille, sculp-
tée par Baumhauser.

78 — Ostensoir gothique en cuivre doré ; il est orné sur les
côtés de niches ogivales ; le haut, à clochetons, est avec
le groupe de la Vierge et de Jésus.

79 — Grande miniature sur vélin, représentant la czarine
Catherine sommeillant.

80 — Petit plateau en écaille piquée d'or, avec amours en
nacre incrustée.

81 — Petite tabatière forme valise en écaille inscrustée d'argent — monture argent — l'intérieur en porcelaine.

82 — Fontaine en cuivre rouge de l'époque de Louis XIV,
elle est de forme Médicis, les anses et le robinet sont en
cuivre jaune.

83 — Un candélabre à deux lumières en verre de Venise.

84 — Statuette en bronze italien : personnage debout, tenant
d'une main une draperie et de l'autre une pierre qu'il
lance.

85 — Charmant bas-relief en marbre blanc : la Vierge et
l'Enfant Jésus.

86 — Groupe en marbre blanc : le petit saint Jean et l'Agneau.

87 — Plaque de coffret, en fer damasquiné or et argent, offrant une ville animée de figures.

88 — Valve de coquille nacrée sur laquelle est une peinture représentant la Vierge et l'Enfant Jésus. Petit cadre Louis XIII.

89 — Deux tapis de Smyrne.

90 — Deux anciennes soieries, ornements et armoiries en soie de couleur et or.

91 — Couteau allemand, avec poignée en ivoire ornée d'un bas-relief avec chasseurs poursuivant un cerf.

92 — Petit Coffret en émail vénitien ; il porte les armes des Médicis.

93 — Deux Flambeaux en argent de l'époque de Louis XIV ; ils sont très-finement gravés d'ornements et d'écussons.

94 — Cuiller, couteau et fourchette en vermeil ; les manches en écaille piquée d'or. Travail de l'époque de Louis XIV.

95 — Sous ce numéro, les objets omis.

Renou et Maulde, imprimeurs de la Compagnie des Commissaires-Priseurs, rue de Rivoli, 144.   3913

www.ingramcontent.com/pod-product-compliance
Lightning Source LLC
LaVergne TN
LVHW021615170726
843501LV00010B/4014